I CLASSICI
Ritrovati

Collana diretta da Enrico De Luca

I0682872

JEROME K. JEROME

RACCONTATI DOPO CENA

Con 96 o 97 illustrazioni di
Kenneth M. Skeaping

A cura di Enrico De Luca

Caravaggio
Editore

Raccontati dopo cena di Jerome K. Jerome
Titolo originale: *Told After Supper*
Traduzione integrale dall'inglese, introduzione e note di Enrico De Luca

Copyright © 2019 **Caravaggio Editore**
Vasto (CH), Italy
www.caravaggioeditore.it
informazioni@caravaggioeditore.it

Collana Editoriale *I Classici Ritrovati* (Volume 6)

Prima edizione dicembre 2019

ISBN 978-88-95437-95-8

INTRODUZIONE

Jerome Klapka Jerome pubblicò nel corso della sua esistenza oltre cinquanta opere fra romanzi, testi teatrali, racconti e saggi.[1] Ma la scarsa attenzione

[1] Nato il 2 maggio del 1859 a Wasall, trascorre la sua infanzia nel degradato East End londinese. A dieci anni è ammesso alla Philological School di Lisson Grove, e a quel periodo (1870) risale l'incontro con Charles Dickens; abbandonati gli studi a causa della morte improvvisa del padre, perde la madre appena quindicenne e vive un periodo di estrema difficoltà e solitudine nel quale si unisce a una compagnia teatrale. Dopo circa due anni ritorna a Londra dove vive anni di profonda miseria: dorme sui marciapiedi e nei dormitori pubblici. All'età di 21 anni inizia a scrivere articoli e racconti umoristici, molti dei quali sul mondo teatrale che verranno riuniti nel 1885 in un volume dal titolo *On the Stage and Off: The Brief Career of a Would-be Actor* [*Sul palco e sotto*]. L'anno seguente viene rappresentata al Globe Theatre la commedia *Barbara* e viene pubblicato a puntate su «Home Chimes» *The Idle Thoughts of an Idle Fellow. A*

che la critica gli ha rivolto e l'eccezionale successo di *Tre uomini in barca* e del suo seguito non hanno contribuito alla conoscenza della sua produzione,

Book for an Idle Holiday [*I pensieri oziosi di un ozioso*], romanzo che ebbe un gran successo soprattutto in America. Un anno dopo il matrimonio con Georgina H. Stanley, avvenuto nel 1888, Jerome pubblica il suo capolavoro, *Three Men in a Boat (To Say Nothing of the Dog)* [*Tre uomini in barca (per tacer del cane)*]. Il 1891 è l'anno del *Diary of Pilgrimage* [*Diario di un pellegrinaggio*], che anticipa alcune tematiche dell'altro bestseller *Three Men on the Bummel* [*Tre uomini a zonzo*], pubblicato nel 1900. Dal 1892 collabora con la rivista «The Idler» e fonda il settimanale «To-Day» (dalla vita abbastanza breve: 1893-1897) sul quale scriveranno A. Bierce, Thomas Hardy e altri. A partire dagli inizi del xx secolo intraprende una serie di viaggi, come apprezzato conferenziere. Nel 1926, un anno prima della morte, dà alle stampe la sua autobiografia *My Life and Time* [*La mia vita e i miei tempi*]. Per ulteriori informazioni biobibliografiche cfr. almeno J. Connolly, *Jerome K. Jerome. A Critical Biography*, London, Orbis, 1982, C. Oulton, *Below the fairy city: a Life of Jerome K. Jerome*, Brighton, Victorian Secrets, 2012, e in italiano la breve biografia *Jerome K. Jerome* di Silvio Spaventa Filippi (Roma, Formiggini, 1925) che tradusse molte sue opere.

che è andata nel corso del tempo quasi del tutto dimenticata.[2]

Raccontati dopo cena (Told after supper) è una breve raccolta natalizia pubblicata nel 1891 (lo stesso anno del *Diary of a Pilgrimage*) con Leadenhall Press. Le storie sono tenute assieme da una cornice in cui il narratore trascorre la Vigilia di Natale presso uno zio e, come d'usanza, ascolta e racconta lui stesso, storie di fantasmi. Ma è molto più di quel che sembra: ci troviamo al cospetto di un piccolo capolavoro dell'horror comico, nel quale l'autore ironizza su una lunga e radicata tradizione

---

[2] Ai titoli segnalati nella nota precedente, si dovranno aggiungere: il romanzo autobiografico *Paul Kelver* (1902), *Tommy & Co.* (1904); alcune raccolte di racconti, fra le quali *Told after supper* (1891), *Novel Notes* (1893), *The Passing of the Third Floor Back* (1907); *Idle Ideas* (volume di saggi del 1905); le opere teatrali *Woodbarrow Farm* (1888), *The Prude's Progress* (1895), *Miss Hobbs* (1899), *The New Lady Bantock* (1909), *The Master of Mrs Chilvers* (1911), ecc.

inglese e su tutti i cliché relativi ai racconti di fantasmi.[3]

Di questa singolare opera, tralasciando quelle che scorciano e adattano troppo liberamente il testo, sono disponibili in italiano ben poche edizioni che, tra le altre cose, hanno adottato un titolo non sempre rispettoso dell'originale, probabilmente influenzate da alcune edizioni inglesi che, a partire dagli anni '80 del secolo scorso, hanno proposto

---

[3] Mi risulta che Jerome sia stato l'autore di altri racconti del terrore (*tales of terror*), come preferiva definirli, vista la repulsione per la produzione, ormai satura, di *ghost stories* da parte di autori suoi contemporanei. Nella raccolta *Novel Notes* (Leadenhall Press, 1893) ce ne sono tre: *The Dancing Partner, The Skeleton, The Snake*; ai quali si aggiungono *The Woman of the Seater* e *Silhouettes*. In collaborazione con E.F. Benson e R. Barr scrisse poi *The Mistery of Black Rock Creek* (pubblicato nell'ottobre 1894 su «The Idler»). Tutti i testi citati possono essere letti in lingua originale nell'antologia *Three men in the dark. Tales of terror by Jerome K. Jerome, Barry Pain & Robert Barr*, selected and introduced by H. Lamb, London, Harper Collis, 2017.

l'opera con un titolo non originale (*After supper ghost stories*).[4]

La presente traduzione è stata condotta sul testo della prima edizione, rispettandone il più possibile stile e interpunzione, ed è stata corredata da un apparato di note che contengono alcune precisazioni linguistiche e storiche. Ma ciò che la rende unica andrà ricercato soprattutto nell'ampio apparato iconografico nel quale vengono riprodotte tutte le originali illustrazioni di Kenneth M. Skeaping.

Enrico De Luca

Ringrazio Oscar Ledonne, Giordano Milo e Miriam Chiaromonte per aver letto con attenzione le bozze.

---

[4] Mi limiterò a segnalare: Jerome K. Jerome, *Storie di fantasmi per il dopocena*, trad. L. Gaia, Roma, Edizioni Theoria, 1991; Id., *La nostra festa dei fantasmi*, in *Storie di fantasmi inglesi*, trad. di A. Ceni, Milano, Mondadori, 1996; Id., *Storie di fantasmi per il dopocena*, trad. di P. Cioni, Fidenza, Mattioli 1885, 2007; Id., *Racconti dopo cena*, trad. I. Isaia, s.l., Il gatto e la luna, 2014; Id., *Storie di fantasmi per il dopocena*, trad. C. Ferrarese, Mantova, Il Rio, 2017.

JEROME K. JEROME

RACCONTATI
DOPO CENA

Preambolo

Era la Vigilia di Natale.

Incomincio in tal modo, perché è il modo appropriato, ortodosso, rispettabile di cominciare, e io sono stato educato in modo appropriato, ortodosso, rispettabile, e mi hanno insegnato a fare sempre la cosa appropriata, ortodossa e rispettabile; e rimango aggrappato all'abitudine.

Certo, a titolo meramente informativo non è assolutamente necessario menzionare la data. Il lettore esperto sa che era la Vigilia di Natale, senza che io glielo dica. È sempre la Vigilia di Natale, in una storia di fantasmi.[1]

La Vigilia di Natale è la gran notte di gala dei fantasmi. Alla Vigilia di Natale, essi celebrano la loro festa annuale. La Vigilia di Natale a Ghostland,[2] tutti coloro che *sono* qualcuno – o meglio, parlando di fantasmi, si dovrebbe dire, suppongo, tutti coloro che *sono* nessuno – escono per mostrare sé stessi e sé stesse, per vedere e per esser visti, per passeggiare quassù e mostrarsi vicendevolmente le proprie lenzuola funebri e gli abiti tombali, per criticare l'un l'altro

[1] Jerome si rivolge ironicamente ai lettori inglesi di fine XIX secolo, sottolineando per l'intero *Preambolo* quanto radicata sia la tradizione che da tempo immemore ha legato i fantasmi alla sera della Vigilia di Natale, durante la quale venivano narrate immancabilmente storie di spettri intorno al focolare. La letteratura inglese, a partire dalla prima metà del 1800, ma in maniera ancora più marcata nella seconda parte del secolo, registrò uno straordinario numero di *ghost stories*.

[2] Il Paese dei fantasmi, o meglio l'Oltretomba.

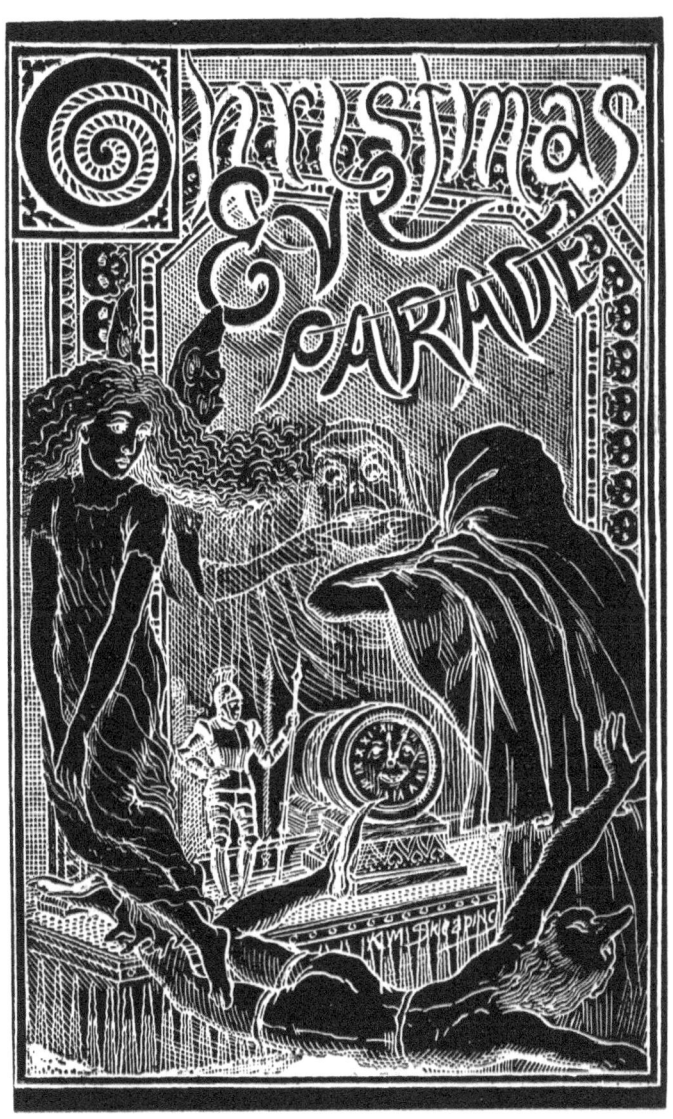

lo stile altrui, e sogghignare l'un l'altro della cera altrui.

«La Parata della Vigilia di Natale», come credo la definiscano loro stessi, è senza dubbio una cerimonia preparata e attesa con ansia in tutta Ghostland, soprattutto dal bel mondo, come i Baroni assassinati, le Contesse macchiate dal crimine, e i Conti che arrivarono con il Conquistatore,[3] e assassinarono i loro parenti, e morirono folli.

Sordi lamenti e ghigni demoniaci sono, se ne può star

---

[3] Allude a Guglielmo I d'Inghilterra, detto il Conquistatore (1028-1087).

certi, praticati con impegno. Urla raccapriccianti e gesti che gelano iniziano probabilmente a essere provati da settimane prima. Catene arrugginite e pugnali insanguinati vengono revisionati, e approntati per essere usati; e lenzuoli e sudari, accuratamente conservati dall'anno precedente, sono tirati giù e si sbattono, e si rammendano, e si fanno arieggiare.

Oh, è una notte eccitante in Ghostland, la notte del ventiquattro dicembre!

I fantasmi non vengono fuori mai la notte di Natale, potreste averlo notato.

Sospettiamo che la Vigilia di Natale sia già stata troppo per loro; non sono abituati a tanta eccitazione.
Per circa una settimana dopo la Vigilia di Natale, i fantasmi

gentiluomini, senza dubbio, si sentono la testa come un pallone, e se ne vanno in giro facendo solenni promesse a sé stessi che la successiva Vigilia di Natale si fermeranno; mentre le gentildonne spettri sono volubili e stizzose, e suscettibili di scoppiare in lacrime e di lasciare la stanza in fretta se solo si rivolge loro la parola, senza nessun motivo apparente.

Fantasmi senza alcuna posizione da mantenere – semplici fantasmi della classe media[4] – di tanto in tanto, credo, fanno qualche piccola apparizione nelle nottate libere: alla Vigilia di Ognissanti, e a San Giovanni;[5] e alcuni fanno una capatina anche durante un semplice evento locale... per celebrare, per esempio, l'anniversario dell'impiccagione del nonno di qualcuno, o per profetizzare una disgrazia.

Adora profetizzare una disgrazia, il fantasma inglese medio. Mandatelo a predire sventure a

[4] Cioè appartenenti alla borghesia.

[5] *Midsummer* nel testo inglese; la notte di mezza estate (24 giugno), si celebra la festa di San Giovanni Battista ed è tradizionalmente nota come una notte magica.

qualcuno, ed è felice. Permettetegli di entrare con forza in una casa pacifica, e mettere tutta la casa sottosopra predicendo un funerale, o prevedendo un fallimento economico, o alludendo a una disgrazia imminente, o a qualche altro terribile disastro, del quale nessuno in piena coscienza vorrebbe sapere prima del momento in cui potrebbe eventualmente tornare utile, e che la conoscenza preliminare di ciò non abbia alcuno scopo utile, ed egli sentirà di unire il dovere al piacere.

Non se lo perdonerebbe mai se qualcuno della sua famiglia avesse un problema e lui non fosse stato lì con un paio di mesi di anticipo, facendo sciocchi scherzi sul prato, o rimanendo in equilibrio sulla spalliera del letto di qualcuno.

Poi ci sono, inoltre, i fantasmi molto giovani, o molto coscienziosi con un testamento perduto o un codicillo sconosciuto che grava pesantemente sulle loro coscienze, che appariranno frequentemente per tutto l'anno; e anche il fantasma schizzinoso, che è indignato per essere stato sepolto nella discarica o nello stagno del villaggio, e che non concede ai paesani una singola notte di quiete fino a quando qualcuno non paga per lui un funerale di prima classe.

Ma queste sono le eccezioni. Come ho già detto, il fantasma medio ortodosso fa il suo giretto una volta l'anno, alla Vigilia di Natale, ed è soddisfatto.

Perché, di tutte le notti dell'anno, proprio la Vigilia di Natale, non ho mai potuto capirlo. È immancabilmente una delle notti più lugubri per starsene fuori… fredda, fangosa e umida. E inoltre, nel periodo di Natale, sono certo che tutti ne hanno abbastanza, dovendo sop-  portare una casa piena di parenti vivi, senza volere che i fantasmi di tutti i defunti si mettano a bighellonare intorno.

Deve esserci qualcosa di spettrale nell'aria natalizia... qualcosa in quell'atmosfera pesante, opprimente, che attira i fantasmi, come l'umidità delle piogge estive fa venir fuori le rane e le lumache.

E non solo gli stessi fantasmi vanno sempre a passeggio la Vigilia di Natale, ma la gente viva si siede e parla di loro sempre alla Vigilia di Natale. Ogni qualvolta cinque o sei persone di lingua inglese si raccolgono intorno a un fuoco alla Vigilia di Natale, iniziano a raccontarsi storie di fantasmi. Niente ci soddisfa la Vigilia di Natale se non ascoltare l'un l'altro raccontare autentici aneddoti sugli spettri. È una cordiale, festosa stagione, e noi amiamo meditare su tombe, e cadaveri, e assassinî, e sangue.

C'è una buona dose di somiglianza nelle nostre esperienze spettrali; tuttavia questo naturalmente non è colpa nostra ma è colpa dei fantasmi, che non provano mai a fare nuove esibizioni, ma sempre si tengono stretta la loro vecchia, sicura parte.

Il risultato è che, quando avete partecipato una volta a una riunione della Vigilia di Natale, e avete sentito sei persone che raccontano le proprie avventure con gli spiriti, non avete bisogno di ascoltare altre storie di fantasmi. Ascoltare ancora altre storie di fantasmi dopo ciò sarebbe come assistere due volte a una farsa, o prendere due riviste a fumetti; la ripetizione diventerebbe noiosa.

C'è sempre il giovanotto che ha trascorso, un anno, il Natale in una casa di campagna e, la

Vigilia di Natale, l'hanno messo a dormire nell'ala ovest. Poi, nel bel mezzo della notte, la porta della stanza si apre silenziosamente e qualcuno – di solito una gentildonna in camicia da notte – cammina lentamente, ed entra e si siede sul letto. Il giovanotto pensa che si tratti di una delle ospiti, o di qualche parente della famiglia ospitante, anche se non ricorda di averla vista in precedenza, la quale, incapace di dormire, e sentendosi malinconica, tutta sola, è entrata nella sua stanza per una chiacchierata. Non ha idea che sia un fantasma: è così ingenuo. Lei non parla, tuttavia; e, quando egli guarda di nuovo, se n'è andata!

La mattina dopo il giovanotto racconta il fatto al tavolo della colazione, e chiede a ciascuna delle gentildonne presenti se fosse lei la sua visitatrice. Ma tutte gli assicurano di no, e il padrone di casa, che è diventato mortalmente pallido, lo implora di non aggiungere altro a riguardo, cosa che sembra al giovanotto una singolare e strana richiesta.

Dopo la colazione, il padrone di casa prende da parte il giovanotto, e gli spiega che quello che ha visto era il fantasma di una gentildonna che era stata assassinata proprio in quel letto, o che aveva ucciso qualcun altro lì... è irrilevante: potete diventare un fantasma uccidendo qualcun altro o facendovi uccidere, dipende da cosa preferite. Il fantasma dell'assassinato è, forse, il più popolare; ma d'altra parte, se siete colui che è stato ucciso, spaventerete meglio la gente, perché potete mostrare le vostre ferite e gemere.

Poi c'è l'ospite scettico... a proposito, è sempre «l'ospite» a finire coinvolto in questo genere di cose. Un fantasma non pensa mai molto alla sua famiglia: le sue apparizioni gli piace farle all'«ospite» che, la Vigilia di Natale, dopo aver ascoltato la storia di fantasmi del padrone di casa, ride, e dice di non credere affatto a cose come i fantasmi e a tutto il resto; e che se glielo consentiranno quella stessa notte dormirà nella camera infestata.

Tutti lo invitano a non essere imprudente, ma lui insiste nella sua follia e, a cuor leggero e con una candela in mano, sale nella Camera Gialla (o di qualsiasi altro colore sia la camera infestata), e augura a tutti loro la buonanotte, e chiude la porta.

La mattina dopo ha i capelli candidi come neve.

Non racconta a nessuno quello che ha visto: è troppo orribile.

C'è anche l'ospite audace, che vede un fantasma, e sa che è un

29

fantasma, e lo osserva, mentre entra nella stanza e scompare attraverso i pannelli della parete, dopo di che, visto che il fantasma non sembra ritornare, e non ci sarebbe nulla, di conseguenza, da guadagnare a restare svegli, se ne va a dormire.

Non dice a nessuno di aver visto il fantasma, per paura di spaventarli – alcune persone diventano così nervose a causa dei fantasmi – ma decide di aspettare la notte successiva, e vedere se l'apparizione ritorna di nuovo.

Appare di nuovo, e, questa volta, lui si alza dal letto, si veste e si spazzola i capelli, e lo segue; e poi scopre un passaggio segreto che dalla camera da letto porta in cantina...[6] un passaggio che, senza dubbio, era utilizzato spesso nei brutti, vecchi tempi antichi.

[6] *beer-cellar* nel testo inglese.

Dopo di lui viene il giovanotto che nel bel mezzo della notte si è svegliato con una strana sensazione, e ha trovato il suo ricco zio scapolo in piedi accanto al capezzale. Il ricco zio ha sorriso con uno strano sorriso ed è svanito. Il giovanotto si è alzato immediatamente e ha guardato il suo orologio. Si era fermato alle quattro e mezzo, aveva dimenticato di caricarlo.

Il giorno successivo ha indagato, e ha scoperto che, abbastanza stranamente, il suo ricco zio, di cui era l'unico nipote, solo due giorni prima aveva sposato una vedova con undici bambini esattamente a mezzanotte meno un quarto.

Il giovanotto non tenta di spiegare la straordinaria circostanza. Si limita a garantire la veridicità del suo racconto.

E, per accennare a un altro caso, c'è il gentiluomo che sta tornando a casa a tarda notte, dopo una cena di Massoni,[7] e che, notando una luce che proviene da un'abbazia in rovina, si avvicina, e guarda attraverso il buco della serratura. Vede il fantasma di una 'sorella grigia'[8] che bacia il fantasma di un frate marrone,[9] ed è così indicibilmente sconvolto e terrorizzato che perde i sensi sul posto, e lo

---

[7] *Freemasons' dinner* nel testo inglese.

[8] *grey sister* nel testo inglese; si tratta di una suora terziaria francescana.

[9] *brown monk* nel testo inglese; vale a dire un cappuccino.

K.M.Skeaping

34

scoprono là la mattina dopo, accasciato contro la porta, ancora ammutolito, e con la fedele chiave a chiavistello stretta nella mano.

Tutte queste cose accadono la Vigilia di Natale, e tutte si raccontano la Vigilia di Natale. Raccontare storie di fantasmi in qualsiasi altra sera che non sia la sera del ventiquattro dicembre sarebbe impossibile nella società inglese secondo le regole attuali. Per tale motivo, nel presentare le tristi ma autentiche storie di fantasmi che seguono, ritengo che non sia necessario informare lo studente di letteratura Anglosassone che la data in cui furono raccontate e in cui accaddero gli eventi era... la Vigilia di Natale.

Tuttavia, lo faccio lo stesso.

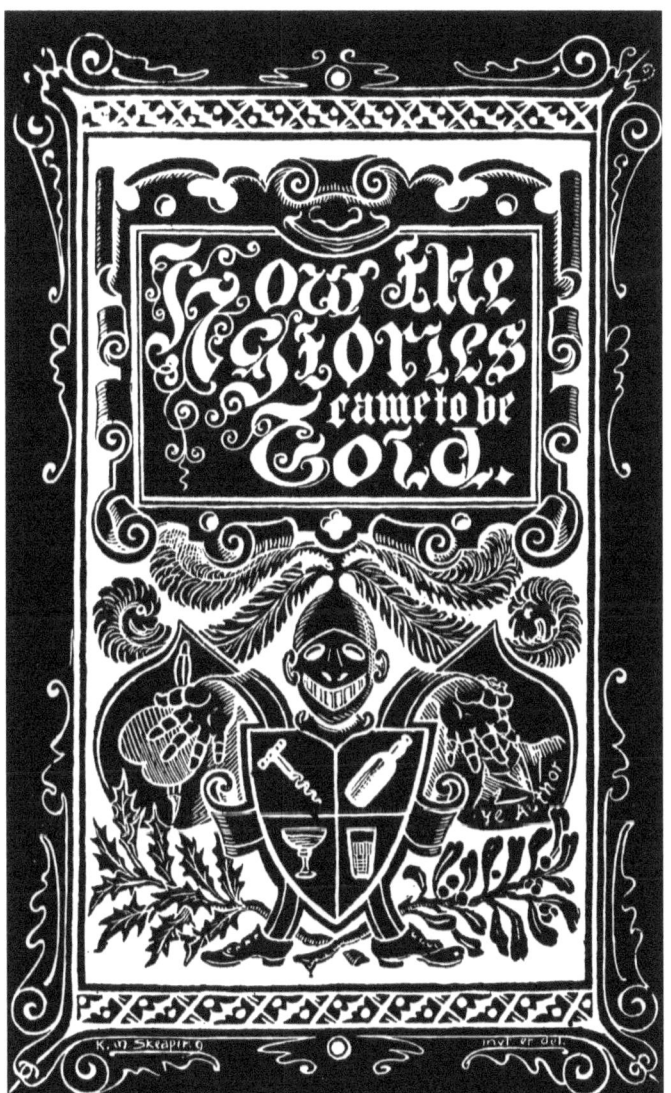

How the Stories came to be Told.

COME LE STORIE
SONO STATE NARRATE

ra la Vigilia di Natale! La Vigilia di Natale, da mio zio John; la Vigilia di Natale (ci sono troppe «Vigilie di Natale» in questo libro. Lo posso vedere da me. Sta cominciando a diventare monotono anche per me. Ma per ora non vedo come si possa evitarlo) al n. 47 di Laburnham Grove, Tooting![1] La Vigilia di Natale nel salotto in penombra (c'era uno sciopero del gas), dove la luce tremolante del fuoco proiettava strane ombre sulla carta da parati dai colori vivaci,

---

[1] Tooting è un antico distretto a sud di Londra.

mentre fuori, su un sentiero selvatico, la tormenta infuriava senza pietà, e il vento, come uno spirito inquieto, soffiava, ululando, attraverso la piazza e passava, piangendo con un gemito tormentato, oltre il negozio del lattaio.

Avevamo cenato, ed eravamo seduti in circolo, chiacchierando e fumando.

La cena era stata molto buona… proprio un'ottima cena. Da questa riunione in poi, nella nostra famiglia, sono nati dei disaccordi. Sono state messe in giro delle voci in famiglia, concernenti ciò che accadde in generale, ma più in particolare in merito alla parte che io stesso ho avuto in ciò, e sono state fatte delle osservazioni che non mi hanno molto sorpreso, poiché so com'è la nostra famiglia, ma che mi hanno molto addolorato. Per quanto riguarda mia zia Mary, non so quando mi andrà di rivederla. Pensavo che zia Mary mi conoscesse meglio.

Ma nonostante l'ingiustizia – un'ingiustizia grossolana, come spiegherò in seguito – che è stata fatta a me stesso, ciò non mi impedirà di essere giusto con gli altri; anche con quelli che hanno fatto insinuazioni feroci. Sarò giusto con i caldi pasticci di vitello di zia Mary e con le aragoste arrostite, seguiti dalle cheesecake[2] preparate secondo la sua speciale ricetta, servite calde (non hanno senso, secondo me, le cheesecake fredde; si perde metà del sapore), e innaffiati della speciale vecchia birra di zio John, e riconoscerò che essi erano assai gustosi. Ho reso loro dunque giustizia; la stessa zia Mary non potrebbe fare a meno di ammetterlo.

[2] Si tratta dei famosi dessert inglesi con crema al formaggio fresco posta su una base di biscotti sbriciolati che oggi si servono generalmente fredde, ma che al tempo in cui scriveva Jerome venivano consumati anche caldi.

Dopo cena, lo zio preparò del punch al whisky.[3] Anche a questo ho reso giustizia; lo disse lo stesso zio John. Disse che era felice nel notare che mi piaceva.

La zia andò a letto subito dopo cena, lasciando il curato del posto, il vecchio dottor Scrubbles, il signor Samuel Coombes, il nostro membro del Consiglio della Contea, Teddy Biffles, e me a fare compagnia allo zio.

Fummo d'accordo che era ancora troppo presto per cedere, almeno per un altro po', così lo zio preparò un'altra coppa di punch; e mi pare che tutti noi gli facemmo giustizia… almeno io gliela feci. È una mia mania, il desiderare di fare giustizia.[4]

[3] Punch e whisky sono due famose bevande alcoliche inglesi; la prima veniva di solito usata come digestivo.

[4] Cioè di essere giusto, ma sia qui che precedentemente è usato con evidente ironia.

K. M. SKEAPING invt & del.

43

Restammo in piedi a lungo, e più tardi il Dottore, tanto per cambiare, preparò del punch al gin, anche se non ho trovato molta differenza nel sapore. Comunque tutto era buono, e noi eravamo molto felici... tutti erano così affabili.

Lo zio John ci ha raccontato una storia molto buffa nel corso della serata. Oh, è *stata* una storia davvero divertente! Al momento non ricordo di cosa parlasse, ma so che allora mi divertì moltissimo; non penso di aver mai riso così tanto in tutta la mia vita. È strano che io non riesca a ricordare anche quella storia, dal momento che ce la raccontò quattro volte. E fu interamente colpa nostra se non ce la raccontò una quinta. Dopo di ciò, il Dottore cantò una canzone molto arguta, durante la quale imitò tutti gli animali della fattoria. Fece un tantino di confusione. Ha ragliato per il gallo bantam[5] e ha fatto chicchirichì per il maiale; ma noi sapevamo che le sue intenzioni erano buone.

Iniziai a raccontare un aneddoto molto interessante, ma mentre proseguivo, fui alquanto sorpreso di osservare che nessuno mi prestava la minima attenzione. All'inizio ho pensato che

---

[5] *bantam cock* nel testo inglese; la razza bantam è una razza di galli nani dal piumaggio nero o bianco, fra le più antiche.

fossero piuttosto maleducati, finché mi resi conto che stavo da sempre parlando a me stesso, invece che a voce alta, e così, naturalmente, gli altri non sapevano affatto che stavo raccontando loro una storia, e, probabilmente si stavano scervellando per capire il significato della mia espressione animata e dei gesti eloquenti. Fu un errore molto bizzarro da commettere per chiunque. Che io sappia non mi era mai capitata una cosa del genere prima.

Più tardi, il nostro curato fece dei trucchetti con le carte. Ci chiese se avessimo mai assistito a un gioco chiamato «Il Trucco delle Tre Carte».[6] Disse che era un artificio mediante il quale uomini meschini e senza scrupoli, frequentatori di gare ippiche e di simili luoghi di

---

[6] *Three Card Trick* nel testo inglese; noto anche come *Find the Lady* o *Three-card Monte* è un conosciutissimo quanto antico gioco, o meglio trucco.

ritrovo, estorcevano con l'inganno agli sciocchi giovanotti il loro denaro. Disse che era un trucco molto semplice da fare: tutto dipendeva dalla rapidità della mano. Era la velocità della mano che ingannava l'occhio.

Disse che ci avrebbe fatto vedere la frode così da metterci in guardia, e per non farci imbrogliare da esso; e andò a prendere il mazzo di carte dello zio dalla scatola da tè, e scelte tre carte dal mazzo, due carte basse e una figura, si sedette sul tappeto davanti al focolare, e ci spiegò cosa stava per fare.

Disse: «Adesso prenderò in mano queste tre carte… così… e le lascerò vedere a tutti. E poi le poserò tranquillamente sul tappeto, capovolte, e vi chiederò di scegliere la carta con la figura. E voi crederete di sapere qual è.»

E così fece.

Il vecchio signor Coombes, che è anche uno dei nostri parrocchiani, disse che era la carta al centro.

«Voi immaginate di averla vista» disse il curato, sorridendo.

«Non "immagino" proprio niente» replicò il signor Coombes. «Vi dico che è la carta al centro. Scommetto mezzo dollaro che è la carta al centro.»

«Ecco, proprio come vi stavo spiegando» disse il nostro curato, rivolgendosi a tutti noi; «questo è il modo in cui quegli sciocchi giovanotti dei quali vi ho parlato vengono adescati per perdere il loro denaro. Si convincono di sapere la carta, immaginano di averla vista. Non afferrano l'idea che è stata la velocità della mano che ha ingannato l'occhio.»

Disse di aver conosciuto giovanotti che erano andati a una gara di canottaggio, o a un incontro di cricket, con le tasche piene di sterline, ed erano tornati a casa, nel primo pomeriggio, rovinati; avendo perso tutto il loro denaro a questo gioco truccato.

Disse che avrebbe preso la mezza corona[7] del signor Coombes, perché questa sarebbe stata una lezione molto utile per il signor Coombes, e

[7] La mezza corona aveva un valore di 2 scellini e 6 pence.

49

probabilmente sarebbe stato il mezzo per far risparmiare al signor Coombes il proprio denaro in futuro; e disse che avrebbe donato i due scellini e sei pence al fondo comune.

«Non vi preoccupate di ciò» ribatté il vecchio signor Coombes. «Purché non tiriate *fuori* la mezza corona dal fondo comune; tutto qui.»

E pose il suo denaro sulla carta di mezzo, e la girò.

Abbastanza scontato, era proprio la regina!

Eravamo tutti molto sorpresi, specialmente il curato.

Egli disse che, in effetti, qualche volta andava così, anche se... qualcuno, a volte, puntava sulla carta giusta, per caso.

Il nostro curato disse che, comunque, ciò era la cosa più sfortunata che un uomo potesse fare a se stesso, se solo ne fosse stato cosciente, poiché quando uno puntava e vinceva, cominciava a prendere gusto al cosiddetto passatempo, e si lasciava attirare nel rischiare ancora e ancora; fino a che doveva ritirarsi dalla competizione da uomo distrutto e rovinato.

Poi fece il trucco di nuovo. Il signor Coombes disse che questa volta era la carta vicino alla cassetta del carbone, e volle mettere cinque scellini su essa.

Noi ridemmo di lui, e cercammo di convincerlo a desistere. Non volle sentire alcun consiglio, comunque, e insistette a puntare.

Il nostro curato disse molto bene, allora: l'aveva avvertito, e questo era tutto quello che poteva fare. Se lui (il signor Coombes) aveva deciso di fare la figura dello sciocco, lui (il signor Coombes) doveva farla.

Il nostro curato disse che avrebbe preso i cinque scellini e che avrebbe rimesso a posto le cose con il fondo comune.

Quindi il signor Coombes mise due mezze corone sulla carta vicino alla cassetta del carbone e la girò.

Abbastanza scontato, era di nuovo la regina!

Dopo di ciò, lo zio John puntò una moneta da due scellini, e *lui* vinse.

E allora giocammo tutti; e tutti vincemmo. Tutti tranne il curato, ecco. Passò un pessimo quarto d'ora. Non ho mai conosciuto un uomo così sfortunato al gioco. Perse ogni volta.

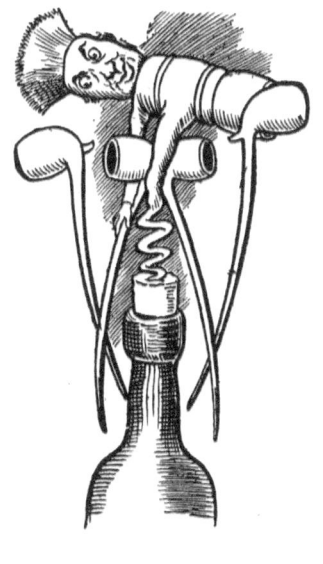

Dopo di ciò bevemmo dell'altro punch; e lo zio nel prepararlo fece un errore molto divertente: non ci mise il whisky. Oh, quanto ridemmo alle sue spalle, e in seguito per penitenza gli facemmo raddoppiare la dose.

Oh, quanto ci siamo divertiti quella sera!

E poi, in un modo o nell'altro, dobbiamo aver iniziato con i fantasmi; poiché il mio ricordo successivo è che ci raccontavamo a vicenda storie di fantasmi.

LA STORIA DI TEDDY BIFFLES

Teddy Biffles raccontò la prima storia. Gliela farò ripetere qui con le sue stesse parole.

(Non chiedetemi come io possa ricordare le sue esatte parole... se le ho stenografate, al tempo del racconto, o se lui ha trascritto la storia, e mi

ha consegnato in seguito il manoscritto per la pubblicazione in questo libro, poiché non ve lo direi anche se lo faceste. È un segreto del mestiere).

Biffles intitolò la sua storia...

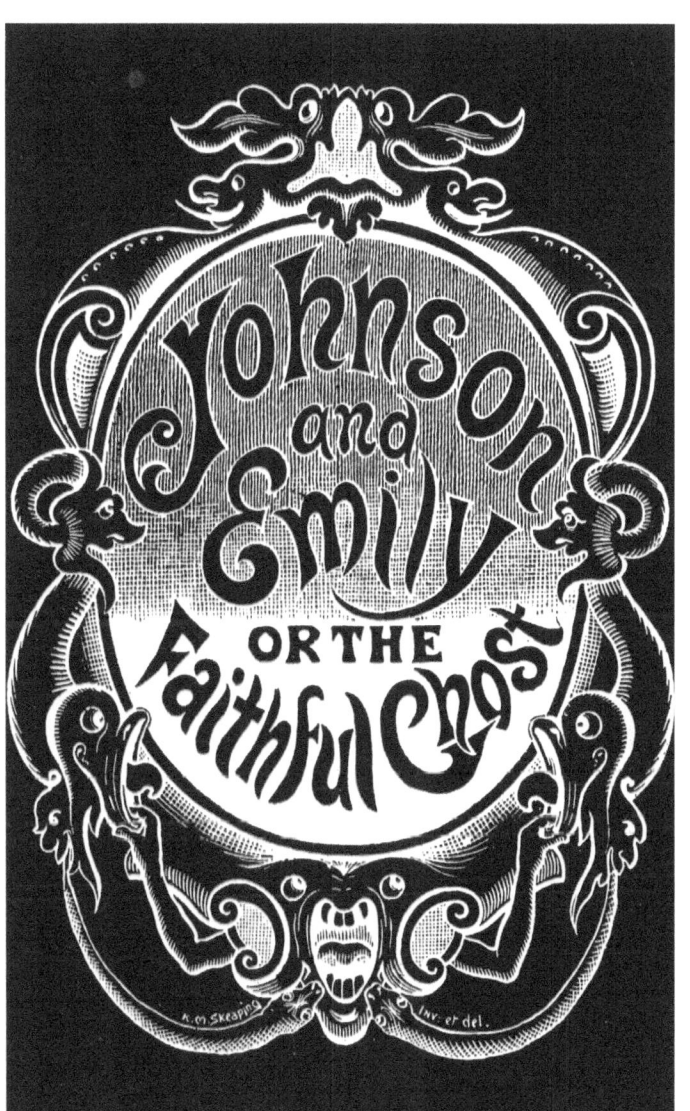

Johnson and Emily OR THE Faithful Ghost

JOHNSON ED EMILY

OVVERO

IL FEDELE FANTASMA

(Storia di Teddy Biffles)

ro poco più che un ragazzo quando incontrai per la prima volta Johnson. Ero a casa per le vacanze di Natale, e, poiché era la Vigilia di Natale, avevo avuto il permesso di rimanere in piedi fino a tardi. Quando aprii la porta della mia cameretta da letto, per entrare, mi trovai faccia a faccia con Johnson, che stava uscendo. Mi passò attraverso, e proferendo un lungo, debole lamento di dolore, scomparve dalla finestra delle scale.

In quel momento mi spaventai – ero solo uno scolaro all'epoca, e non avevo mai visto un fantasma prima – e mi sentivo un po' nervoso ad andare a letto. Ma, ripensandoci, mi ricordai che gli spiriti potevano fare del male solo ai peccatori, e così mi rimboccai le coperte, e mi addormentai.

La mattina dissi al Pater[1] quello che avevo visto.

«Oh sì, era il vecchio Johnson» rispose. «Non averne paura; vive qui.» E poi mi raccontò la storia del poveretto.

---

[1] Jerome usa il termine ironico «Pater», che ho lasciato invariato, alternato sia con «Dad» (tre le occorrenze in entrambi i casi), reso con *Papà*, sia con «father», tradotto con *padre*.

A quanto sembrava Johnson, quando era vivo, quand'era giovane, aveva amato la figlia di un ex affittuario di casa nostra, una ragazza davvero bella, il cui nome di battesimo era Emily. Mio padre ignorava il suo cognome.

Johnson era troppo povero per sposare la ragazza, così le diede il bacio d'addio, le disse che sarebbe ritornato presto, e partì per l'Australia a cercare la sua fortuna.

Ma l'Australia non era allora come diventò in seguito. I viaggiatori attraverso quel selvaggio territorio erano pochi e rari in quei primi giorni; e, anche quando se ne catturava uno, gli oggetti personali che gli si trovavano addosso erano spesso di un valore commerciale a stento sufficiente a pagare le semplici spese funerarie che si rendevano necessarie. E così Johnson impiegò quasi venti anni a fare fortuna.

Tuttavia, egli portò a termine il compito che si era prefisso, e poi, dopo essere sfuggito con successo alla polizia, e aver lasciato la Colonia senza macchia, ritornò in Inghilterra, pieno di speranza e di gioia, a reclamare la sua sposa.

Raggiunse la casa per trovarla silenziosa e abbandonata. Tutto quello che i vicini seppero dirgli fu che, subito dopo la sua partenza, in una notte nebbiosa, la famiglia era sparita senza che nessuno se ne accorgesse, e che da allora nessuno li aveva più visti o aveva sentito parlare di loro, anche se il padrone di casa e buona parte dei negozianti locali avevano fatto delle indagini.

Il povero Johnson, folle di dolore, cercò il suo amore perduto dappertutto. Ma non la trovò mai, e, dopo anni di infruttuosi sforzi, ritornò per finire la sua vita solitaria nella stessa casa dove, nei giorni felici, lui e la sua amata Emily avevano passato così tante ore liete.

Aveva vissuto lì completamente solo, vagando nelle stanze vuote, piangendo e invocando la sua Emily affinché tornasse da lui; e quando il povero vecchio morì, il suo fantasma aveva continuato a fare lo stesso.

Era lì, disse il Pater, quando aveva preso la casa, e di conseguenza l'agente gli aveva fatto uno sconto di dieci sterline l'anno sull'affitto.

Dopo di ciò, incontrai in continuazione Johnson in questo luogo a tutte le ore della notte, e così, in effetti, era per tutti noi.

Inizialmente gli giravamo intorno e ci facevamo da parte per lasciarlo passare; ma quando ci facemmo l'abitudine, e sembrò che non ci fosse nessun bisogno di così tante cerimonie, eravamo soliti passargli direttamente attraverso. Non si poteva dire che fosse sempre troppo di intralcio.

Era anche un vecchio, gentile, innocuo

fantasma, e a noi tutti dispiaceva davvero molto per lui, e lo compativamo. Le donne, infatti, lo adorarono per un periodo. La sua fedeltà le commuoveva tanto.

Ma con il passare del tempo, cominciò a diventare un po' noioso.

Vedete, era colmo di tristezza. Non c'era nulla di allegro o di cordiale in lui. Vi faceva pena, ma v'irritava. Sarebbe stato seduto sulle

 scale a piangere per ore di fila; e, ogni volta che ci svegliavamo durante la notte, eravamo certi di sentirlo vagare nei corridoi, ed entrare e uscire dalle diverse stanze, gemendo e sospirando, così che non riuscivamo ad addormentarci di

nuovo molto facilmente. E
quando facevamo una festa,
veniva a sedersi fuori
dalla porta del salotto,
e singhiozzava tutto
il tempo. Non
faceva del male a
nessuno in realtà, ma
faceva scendere un'ombra
di tristezza su tutto.

«Oh, comincio a
essere stufo di questo
vecchio scemo» disse il Pater, una sera (Papà sa essere molto brusco, quando è arrabbiato, come sapete), dopo che Johnson era stato più fastidioso del
solito e aveva rovinato una bella partita di whist,[2]

---

[2] Celebre gioco di carte in voga fino agli inizi del XX
secolo; è citato, fra gli altri, anche da Dickens nel cap. VI
del *Circolo Pickwick*.

sedendo sul camino e gemendo, finché nessuno sapeva più quali erano le briscole[3] e neppure che seme era stato calato. «Dovremo sbarazzarci di lui, in un modo o nell'altro. Se solo sapessi come fare.»

«Beh» disse mia madre «non vedrete mai la sua fine, ci potete contare, finché non avrà trovato la tomba di Emily. Questo è quello che cerca. Trovate la tomba di Emily, e mettetegliela sotto il naso, e la smetterà. Questa è la sola cosa da fare. Segnatevi le mie parole.»

L'osservazione sembrava ragionevole, ma la difficoltà stava nel fatto che nessuno di noi sapeva dove fosse la tomba di Emily più di quanto non lo sapesse lo stesso fantasma di Johnson. Il Governatore suggerì di rifilare al poveretto la tomba di qualche altra Emily, ma, come fortuna volle, non sembrava esserci nessuna Emily sepolta da quelle

[3] *trumps* nel testo inglese.

parti per miglia e miglia. Non mi sono mai imbattuto in una zona così completamente sprovvista di defunte Emily.

Riflettei per un po', e poi azzardai io stesso un suggerimento.

«Non potremmo inventare qualcosa per quel vecchio?» chiesi. «Pare un vecchio tipo ingenuo. Potrebbe cascarci. Comunque, potremmo provarci.»

«Per Giove, faremo così» esclamò mio padre; e la mattina dopo facemmo venire gli operai, e sistemammo un piccolo tumulo in fondo al frutteto con sopra una lapide, che recava la seguente iscrizione:

𝔆𝔬𝔫𝔰𝔞𝔠𝔯𝔞𝔱𝔬

ALLA MEMORIA DI

EMILY

LE SUE ULTIME PAROLE FURONO:
«DITE A JOHNSON CHE LO AMO»

«Questo dovrebbe attirarlo» rifletté il Papà mentre esaminava il lavoro terminato. «Lo spero vivamente.»

E lo fece!

Quella stessa notte, lo attirammo laggiù; e... beh, ecco, è stata una delle scene più patetiche che abbia mai visto, il modo in cui Johnson si buttò su quella lapide e pianse. Papà e il vecchio Squibbins, il giardiniere, quando lo videro, piansero come bambini. Da allora Johnson non ci ha più dato nessun fastidio in casa. Adesso passa tutte le notti a singhiozzare sulla tomba, e sembra perfettamente felice.

«È ancora lì?» Oh, sì. Vi ci porterò e ve lo mostrerò, la prossima volta che verrete da noi: normalmente l'orario è dalle 10 di sera alle 4 del mattino, dalle 10 alle 2 il sabato.

INTERLUDE

K.M.Skeaping

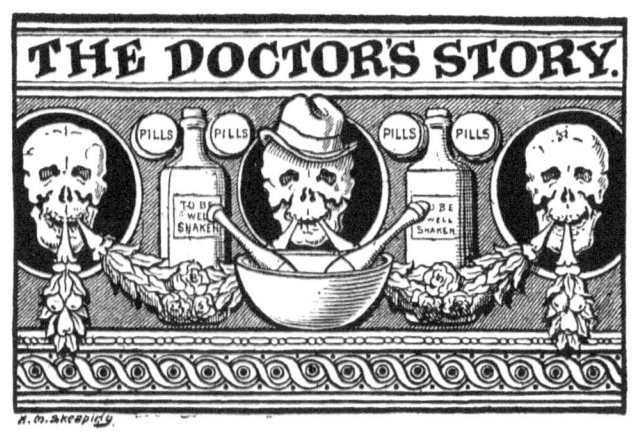

INTERMEZZO

(La Storia del Dottore)

 i fece piangere davvero tanto, quella storia, il giovane Biffles la raccontò con tanto trasporto. Eravamo tutti un po' pensierosi dopo, e notai che perfino il vecchio Dottore si asciugava di nascosto una lacrima. Zio John, comunque, preparò un'altra coppa di

 punch e gradualmente ce ne facemmo una ragione.

Il Dottore, in verità, dopo un po' divenne quasi allegro, e ci raccontò del fantasma di uno dei suoi pazienti.

Non posso offrirvi la sua storia. Vorrei poterlo fare. Tutti dissero in seguito che era stata la migliore della serie – la più tremenda e orribile – ma io non riuscii a trovarvi nessun senso. Pareva così incompleta.

Iniziò perfettamente e poi sembrò capitare qualcosa, ed ecco che era già terminata. Non riesco a spiegarmi che cosa ne sia stato della parte centrale della storia.

So, comunque, che finì con qualcuno che trovava qualcosa; e questo fece venire in mente al signor Coombes una faccenda molto curiosa che successe in un vecchio mulino, preso in affitto una volta da suo cognato.

Il signor Coombes disse che ci avrebbe raccontato la sua storia, e prima che qualcuno potesse fermarlo, aveva iniziato.

Il signor Coombes disse che la storia era intitolata...

IL MULINO INFESTATO

OVVERO

LA CASA IN ROVINA

(La storia del signor Coombes)

BENE, tutti voi conoscete mio cognato, il signor Parkins (iniziò il signor Coombes, togliendosi dalla bocca la vecchia pipa di terracotta, e mettendosela dietro l'orecchio: noi non conoscevamo suo cognato, ma abbiamo detto di sì, per risparmiare tempo), e saprete di certo che una volta prese in affitto un vecchio mulino nel Surrey, e andò a vivere lì.

Ora dovete sapere che, anni prima, questo stesso mulino fu occupato da un malvagio, vecchio avaro, che è morto lì, lasciando – così si diceva – tutto il suo denaro nascosto da qualche parte nel posto. Com'è abbastanza naturale, tutti quelli che in seguito erano andati a vivere al mulino avevano tentato di trovare il tesoro; ma nessuno ci era mai riuscito, e i saggi del luogo dicevano che nessuno avrebbe mai avuto successo, a meno che il fantasma dell'avaro mugnaio, un giorno, non avesse preso in simpatia uno degli inquilini, e non gli avesse rivelato il segreto del nascondiglio.

Mio cognato non diede molta importanza alla storia, considerandola come una sciocca storiella di una vecchia, e, al contrario dei suoi predecessori, non fece nessun tentativo di trovare l'oro nascosto.

«A meno che gli affari non andassero molto diversamente da come vanno ora» disse mio cognato, «non vedo come un mugnaio, per quanto avaro fosse stato, possa aver risparmiato qualcosa: in ogni caso, non abbastanza da meritare la fatica di cercarlo.»

Eppure, non riusciva a liberarsi completamente dall'idea di quel tesoro.

Una notte andò a letto. In questo non c'era nulla di particolarmente straordinario, lo ammetto. Andava spesso a letto la notte. Quel che *fu* veramente eccezionale, comunque, fu che nel momento esatto in cui l'orologio della chiesa del paese suonò l'ultimo rintocco della mezzanotte, mio cognato si svegliò sussultando, e si sentì assolutamente incapace di addormentarsi di nuovo.

Joe (il suo nome di battesimo era Joe) si mise seduto sul letto, e si guardò intorno.

Ai piedi del letto qualcosa stava dritto e immobile, avvolto nell'ombra.

Si spostò al chiarore della luna, e allora mio cognato vide che era la figura di un vecchietto raggrinzito, con calzoni al ginocchio e codino.

Immediatamente gli balenò in mente la storia del tesoro nascosto e del vecchio avaro.

«È venuto a mostrarmi dov'è nascosto», pensò mio cognato; e decise che non avrebbe speso tutto il denaro per sé, ma ne avrebbe destinata una piccola percentuale a fare del bene agli altri.

L'apparizione si mosse verso la porta: mio cognato indossò i suoi pantaloni e la seguì. Il fantasma scese al piano di sotto in cucina, scivolò fino al focolare e vi si fermò davanti, sospirò e sparì.

La mattina dopo, Joe chiamò un paio di muratori, e fece tirare fuori la stufa e buttare giù il camino, mentre lui stava lì dietro con un sacco di patate nel quale mettere l'oro.

Abbatterono mezzo muro, e non trovarono neppure una monetina da quattro penny. Mio cognato non sapeva cosa pensare.

La notte seguente il vecchio apparve di nuovo, e di nuovo fece strada in cucina. Questa volta, però, invece di andare al focolare, si fermò più al centro della stanza, e sospirò lì.

«Oh, adesso capisco quello che significa», disse fra sé mio cognato; «è sotto il pavimento. Perché mai il vecchio idiota è andato a fermarsi contro la stufa, così da farmi pensare che fosse su nel camino?»

Passarono la giornata successiva a togliere il pavimento della cucina; ma l'unica cosa che trovarono fu una forchetta a tre denti, e il suo manico era rotto.

Nella terza notte, il fantasma riapparve, abbastanza imperterrito, e per la terza volta si diresse in cucina. Arrivato lì, alzò lo sguardo al soffitto e sparì.

«Uhm! Non sembra aver imparato molto, lì dov'è andato» mormorò Joe, mentre si affrettava a tornare a letto; «Penso che avrebbe potuto fare così dall'inizio.»

Tuttavia, sembrava che ora non ci fossero più dubbi su dove fosse il tesoro, e per prima cosa dopo la colazione incominciarono a demolire il soffitto. Buttarono giù ogni pollice[1] di esso, e scardinarono le assi della stanza di sopra.

---

[1] Un pollice (inch), è un'unità di misura di lunghezza inglese, corrisponde a 2,54 cm.; in italiano si direbbe che smantellarono il soffitto centimetro per centimetro.

Scoprirono tanto denaro quanto vi aspettere-
ste di trovarne in un boccale vuoto da un quarto.

La quarta notte, quando il fantasma apparve,
come al solito, mio cognato era così furioso che
gli tirò gli stivali; e gli stivali passarono attraverso
il corpo, e ruppero uno specchio.

La quinta notte, quando Joe si svegliò, come
ora gli succedeva sempre a mezzanotte, il fantasma se ne stava lì in piedi in atteggiamento avvi-
lito, con un'aria davvero infelice. Nei suoi grandi
occhi tristi brillava uno sguardo supplichevole
che toccò mio cognato.

«Dopotutto» pensò, «forse il povero sciocco
sta facendo del suo meglio. Forse ha davvero dimenticato dove l'ha messo, e sta provando a ricordare. Gli darò un'altra possibilità.»

Il fantasma sembrò riconoscente e compia-
ciuto nel vedere che Joe si preparava a seguirlo, e
fece strada nel solaio, indicò il soffitto, e svanì.

«Beh, spero che stavolta ci abbia azzeccato» disse mio cognato; e il giorno dopo si misero al lavoro per smantellare il tetto.

Ci vollero tre giorni per togliere completamente il tetto, e tutto quel che trovarono fu un nido di uccelli; dopo averlo messo al sicuro coprirono la casa con teloni cerati, per tenerla all'asciutto.

Avrete forse pensato che questo avesse guarito il poverino dalla ricerca del tesoro. Ma non fu così.

Disse che doveva esserci qualcosa in tutto ciò, altrimenti il fantasma non avrebbe continuato a presentarsi come faceva; e che, arrivato così lontano, egli avrebbe continuato fino alla fine, e avrebbe risolto il mistero, a qualsiasi costo.

Notte dopo notte, egli si sarebbe alzato dal letto e avrebbe seguito quel vecchio spettro impostore in giro per la casa. Ogni notte, il vecchio avrebbe indicato un posto diverso; e, ogni giorno seguente, mio cognato avrebbe proceduto a fare a pezzi il mulino nel punto indicato, e a cercare il tesoro. Alla fine di tre settimane, nel mulino non c'era più una stanza in cui vivere. Tutti i muri erano stati abbattuti, tutti i pavimenti smantellati, ogni soffitto era stato bucato. E poi, improvvisamente com'erano cominciate, le visite del fantasma cessarono; e mio cognato fu lasciato in pace, a ricostruire la casa a suo piacimento.

«Che cosa indusse la vecchia apparizione a giocare un tiro così stupido a un povero contribuente con famiglia?» Ah! questo proprio non ve lo saprei dire.

Alcuni dissero che il fantasma del vecchio

malvagio lo aveva fatto per punire mio cognato perché all'inizio non aveva creduto in lui; mentre altri sostennero che l'apparizione fosse probabilmente quella di qualche idraulico e vetraio del posto deceduto, al quale naturalmente interesserebbe vedere una casa demolita e rovinata. Ma nessuno seppe niente di certo.

INTERLUDIO

 Bevemmo dell'altro punch, e poi il curato ci raccontò una storia.

Non riuscii a trovare né capo né coda nella storia del curato, quindi non posso riferirvela. Nessuno di noi riuscì a trovare né capo né coda in quella storia. Era una storia abbastanza buona, per quel che riguardava il materiale. Sembrava ci fosse una trama molto ricca, e avvenimenti sufficienti a creare una dozzina di romanzi. Non avevo mai sentito prima una storia contenente così tanti avvenimenti, né una che avesse a che fare con tanti personaggi diversi.

Dovrei dire che ogni essere umano che il nostro curato avesse mai conosciuto o incontrato, o di cui avesse sentito parlare, era stato inserito in quella storia. Ce n'erano semplicemente a centinaia. Ogni cinque secondi introduceva nella storia un mucchio di personaggi appena sfornati accompagnati da una serie di nuovi avvenimenti.

Questo era il tipo di storia:

«Bene, allora, mio zio andò in giardino, e prese il suo fucile, ma, naturalmente, esso non era lì, e Scroggins disse che non ci credeva.»

«Non credeva a cosa? Chi è Scroggins?»

«Scroggins! Oh, beh, era l'altro uomo, sapete... era sua moglie.»

«*Cosa* era sua moglie... e cosa c'entra *lei* con esso?»

«Beh, è quello che vi sto dicendo. È stata lei a trovare il cappello. Era venuta a Londra con sua cugina... sua cugina era mia cognata, e l'altra nipote era sposata con un uomo di nome Evans, ed Evans, dopo che tutto fu finito, aveva passato la  scatola al signor Jacobs, perché il padre di Jacobs aveva visto l'uomo, quando era vivo, e quando morì, Joseph...»

«Aspettate un momento, lasciate perdere Evans e la scatola; cosa ne è stato di vostro zio e del fucile?

«Del fucile! Quale fucile?»

«Come, il fucile, che vostro zio teneva nel giardino, e che non era lì. Che cosa ne ha fatto? Ci uccise qualcuna di queste persone… questi Jacobs ed Evans e Scroggins e Joseph? Perché, se è così, ha fatto un buon e utile lavoro, e a noi piacerebbe saperlo.»

«No… oh no… come avrebbe potuto?... era stato murato vivo, sapete, e quando Edoardo IV parlò di ciò all'abate,[2] mia sorella disse che nel suo attuale stato di salute, non avrebbe potuto e voluto, perché avrebbe messo in pericolo la vita del bambino. Così lo battezzarono Orazio, come il figlio di lei, che era stato ucciso a Waterloo prima che egli nascesse, e lo stesso Lord Napier disse...

«Sentite, sapete di cosa state parlando?» gli chiedemmo a questo punto.

---

[2] *spoke to the abbot about it* nel testo inglese, impossibile da rendere con il medesimo gioco di parole.

Disse: «No», ma sapeva che ogni sua parola era vera, perché sua zia l'aveva visto lei stessa. Al che lo coprimmo con la tovaglia, e si addormentò.

E poi zio ci raccontò una storia.

Zio disse che la sua era una storia vera.

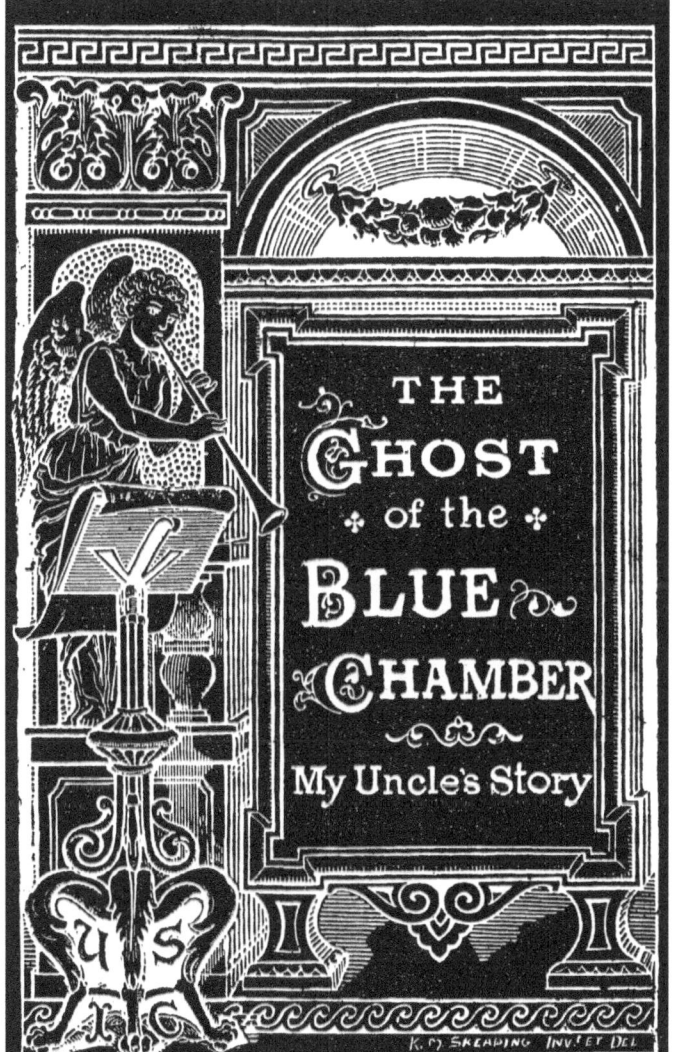

THE GHOST of the BLUE CHAMBER

My Uncle's Story

K. M. SKEADING INV.T ET DEL

IL FANTASMA

DELLA CAMERA AZZURRA

(La Storia di mio zio)

 «o non voglio impaurirvi, compagni» iniziò mio zio con tono di voce particolarmente impressionante, per non dire agghiacciante, «e se preferite che non ne parli, non lo farò; ma, in effetti, proprio questa casa, dove siamo ora seduti, è infestata.»

«Non lo dite!» esclamò il signor Coombes.

«A che serve dirmi di non dirlo quando l'ho appena detto?» ribatté mio zio in maniera un po' stizzosa. «Parlate così assurdamente. Vi dico che questa casa è infestata. Regolarmente nel giorno della Vigilia di Natale, la Camera Azzurra [da mio zio chiamavano "Camera azzurra" la stanza vicina a quella dei bambini, perché quasi tutto il servizio da toletta era di quella sfumatura] è infestata dal fantasma di un criminale... un uomo che una volta uccise uno di quei cantori natalizi[1] con un pezzo di carbone.

«Come ha fatto?» chiese il signor Coombes, con ansiosa impazienza. «È stato difficile?»

«Non so come fece» replicò lo zio; «non mi spiegò il procedimento. Il cantore si era messo in

---

[1] *Christmas wait* nel testo inglese; i *waites* (o *waits* nell'inglese più moderno) erano musicisti e cantori che sin dal periodo medievale si esibivano, di solito in gruppo, per le strade di città e villaggi.

posizione proprio dentro il cancello principale, e stava cantando una ballata. Si presume che, quando aprì la bocca per il si bemolle,[2] il criminale abbia lanciato il pezzo di carbone da una delle finestre, e questo si sia infilato nella gola del cantore e l'abbia soffocato.

«Bisogna essere un bravo lanciatore, ma vale certamente la pena di provare» mormorò pensosamente il signor Coombes.

«Ma quello non fu il suo unico crimine, ahimè!» aggiunse mio zio. «Precedentemente aveva ucciso un solista suonatore di cornetta.»[3]

[2] Si tratta della nota che si usava per trovare la giusta intonazione.

[3] La cornetta è uno strumento simile alla tromba.

105

«No! È proprio un fatto vero?» esclamò il signor Coombes.

«Certo che è un fatto vero» rispose mio zio, in modo risentito; «quantomeno, per quanto si possa parlare di fatti in casi di questo tipo.

«Come siete pignolo stasera. Le prove indiziarie erano schiaccianti. Il poveretto, il suonatore di cornetta, si trovava nel quartiere a malapena da un mese.

Il vecchio signor Bishop, che allora gestiva il *Jolly Sand Boys*, e dal quale ho saputo la storia, diceva di non aver mai visto un solista di cornetta più solerte ed energico. Egli, il solista di cornetta, conosceva solo due brani, ma il

signor Bishop diceva che quell'uomo non avrebbe potuto suonare con più energia, né per più ore al giorno, se ne avesse conosciuti quaranta. I due brani che suonava erano *Annie Laurie* e *Home, Sweet Home*;[4] e per quel che ri-

guarda la sua esecuzione della prima melodia, il signor Bishop diceva che l'avrebbe capita anche un semplice bambino.

«Questo musicista... questo povero artista senza amici, aveva l'abitudine di venire regolarmente a suonare in questa strada proprio qui di fronte, per due ore ogni sera. Una sera fu visto entrare, evidentemente in risposta a un invito,

[4] *Annie Laurie* è un'antica canzone scozzese scritta da William Douglas nel XVII secolo; *Home, Sweet Home* è una canzone tradizionale inglese composta nei primi decenni del XIX secolo da Henry Bishop.

proprio in questa casa, *ma non fu mai visto uscirne!*»

«I cittadini provarono a offrire qualche ricompensa per il suo ritrovamento?» chiese il signor Coombes.

«Neppure mezzo penny» replicò mio zio.

«Un'altra estate» continuò mio zio, «venne qui una banda musicale tedesca, che voleva – così annunciarono, al loro arrivo – fermarsi fino all'autunno.

«Nel secondo giorno del loro arrivo, tutta la compagnia, dei pezzi d'uomini sani e vigorosi che faceva piacere guardarli, fu invitata a cena da questo criminale, e, dopo aver passato a letto le ventiquattr'ore seguenti, lasciò la città un gruppo di uomini sfiniti e affetti da dispepsia;[5] il medico distrettuale, che li aveva assistiti, diede la propria opinione secondo la quale difficilmente

[5] Difficoltà di digestione.

essi, anche uno solo di loro, sarebbero stati in grado di suonare di nuovo un'aria.

«Voi... voi non conoscete la ricetta, vero?» chiese il signor Coombes.

«Sfortunatamente no» replicò lo zio; «ma si diceva che l'ingrediente principale fosse pasticcio di carne di maiale del buffet della stazione.»

«Ho dimenticato gli altri crimini di quell'uomo» continuò lo zio; «prima li conoscevo tutti, ma la mia memoria non è più quella di una volta. Non penso, comunque, di fare un torto alla sua memoria credendo che non fosse del tutto estraneo alla morte, e poi alla sepoltura, di un gentiluomo che era solito suonare l'arpa con le dita dei piedi; e che non aveva la

coscienza pulita neppure circa la tomba solitaria di uno sconosciuto straniero che una volta
venne a visitare il quartiere, un contadino italiano, che suonava l'organetto.»

«Ogni Vigilia di Natale» disse mio zio, in
tono basso e solenne, rompendo lo strano silenzio sgomento che, come un'ombra, sembrava
essersi lentamente insinuato furtivo nella
stanza, e vi aleggiasse, «il fantasma di questo
criminale infesta la Camera Azzurra, proprio in
questa casa. Là, da mezzanotte fino al canto del
gallo, tra grida selvagge soffocate e gemiti e ri-
sate beffarde e il suono spettrale di orridi tonfi,
sostiene una fiera lotta spettrale con gli spiriti
del solista di cornetta e del cantore assassinato,
aiutati di tanto in tanto dalle ombre della banda
musicale tedesca, mentre il fantasma dell'arpi-
sta strangolato suona folli melodie spettrali, con

dita dei piedi spettrali, su una spettrale arpa rotta.»

Lo zio disse che la Camera Azzurra era praticamente inutile come camera da letto, durante la Vigilia di Natale.

«Udite!» disse mio zio, alzando una mano verso il soffitto in segno di avvertimento, mentre noi trattenevamo il respiro, e ascoltavamo. «Udite! Credo che adesso siano loro... nella *Camera Azzurra*!»

The Blue Rambler.

 i alzai, e dissi che *io* avrei dormito nella Camera Azzurra.

Prima di raccontarvi la mia storia, comunque – la storia di quel che capitò nella Camera Azzurra – vorrei fare un preambolo con...

UNA SPIEGAZIONE PERSONALE

ROVO una grande esitazione nel raccontarvi questa mia storia. Sapete, non è una storia come le altre che vi ho raccontato, o almeno che Teddy Biffles, il signor Coombes, e mio zio vi hanno raccontato: è una storia vera. Non è una storia raccontata da una persona, seduta intorno al fuoco la Vigilia di

Natale, mentre beve punch al whisky: è una testimonianza di eventi che sono successi davvero.

In realtà, non è proprio una 'storia', nell'accezione comune del termine: è una cronaca. Sento che è quasi fuori luogo, in un libro di questo tipo. È più adatta a una biografia, o a un testo di storia inglese.

C'è un'altra cosa che mi rende difficile raccontarvi questa storia, e cioè, che è tutta su me stesso. Se vi racconto questa storia, dovrò continuamente parlare di me; e noi autori moderni abbiamo una forte avversione a parlare di noi stessi. Se mai esiste un'aspirazione lodevole che abita nelle nostre menti di noi uomini di lettere della nuova scuola più di qualunque altra, questa è l'aspirazione a non apparire mai anche in minima parte egocentrici.

Io stesso, così mi è stato detto, con questo riserbo... questa riluttanza, questa reticenza riguardo qualsiasi cosa connessa alla mia personalità, arrivo quasi a passare il segno; e la gente si lamenta con me per questo motivo. Vengono e mi dicono:

«Beh, allora, perché non parlate un po' di voi? Ecco cosa vogliamo leggere. Raccontateci qualcosa di voi.»

Ma ho sempre risposto: «No.» Non è che io non creda che il soggetto non sia interessante. Io stesso non riesco a immaginare nessun argomento che abbia più probabilità di dimostrarsi affascinante per il mondo intero, o almeno per la parte colta di esso. Ma non lo farò, per principio. Non è artistico, e costituisce un cattivo esempio per i più giovani. Altri scrittori (alcuni di loro) lo fanno, lo so; ma io non lo farò... non regolarmente.

In circostanze normali, quindi, non vi racconterei proprio questa storia. Direi a me stesso: «No! È una buona storia, è una storia morale, è un genere di storia strana, bizzarra, affascinante; e il pubblico, lo so, desidererebbe ascoltarla; e a me piacerebbe raccontargliela; ma è tutta su di me... su quello che ho detto, e quello che ho visto, e quello che ho fatto, e non posso farlo. La mia natura riservata, anti-egocentrica non mi consentirà di parlare in tal modo di me stesso.»

Ma le circostanze specifiche di questa storia non sono ordinarie, e ci sono ragioni che mi spingono, malgrado la mia modestia, a preferire piuttosto l'opportunità di raccontarla.

Come ho affermato all'inizio, sono nati disaccordi nella nostra famiglia su questa nostra riunione, e, in particolare per quanto mi riguarda, e per la parte che avrei avuto negli avvenimenti che sono ora sul punto di riferire, mi è stato fatto un grave torto.

Per riportare nella sua giusta luce la mia reputazione… per dissipare le nubi della calunnia e del malinteso con le quali è stata oscurata, sento che la migliore cosa che possa fare è offrire un lineare, dignitoso resoconto dei semplici fatti, e lasciare che chi è imparziale giudichi da sé. Il mio obiettivo principale, lo confesso candidamente, è riscattarmi dall'ingiusta calunnia. Spronato da questo motivo – e credo sia un motivo onorevole e giusto –,

ritengo di poter superare la mia abituale ripu-
gnanza a parlare di me stesso, e posso così raccontare...

MY OWN STORY

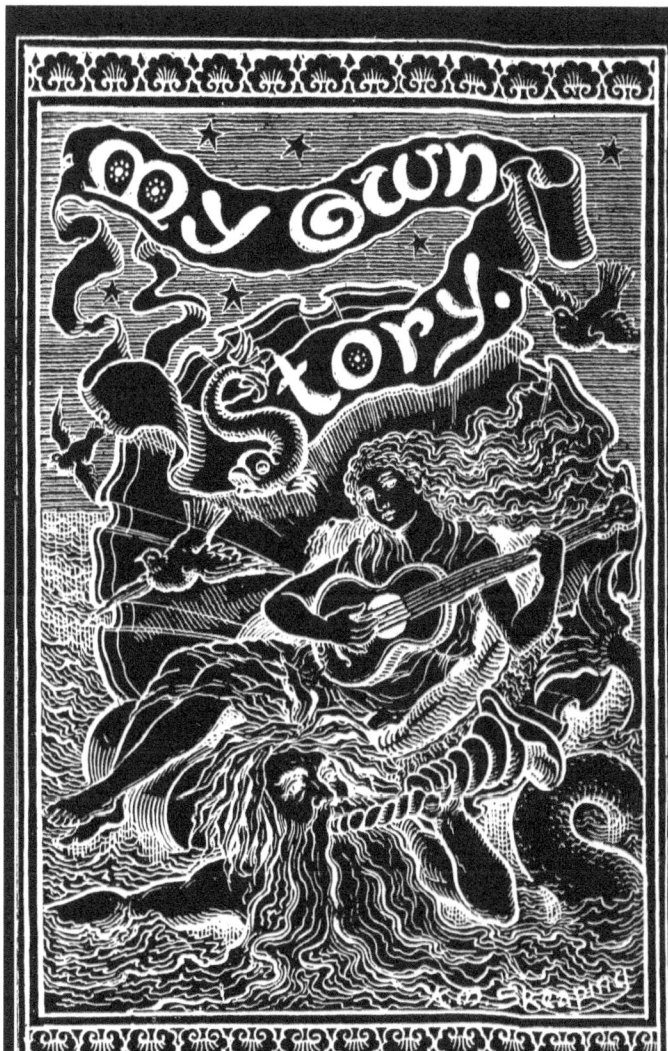

LA MIA STORIA

PPENA mio zio ebbe terminata la sua storia, come vi ho già detto, mi alzai e dissi che *io*, quella stessa notte, avrei dormito nella Camera Azzurra.

«Mai!» gridò mio zio, balzando in piedi. «Non metterai te stesso in questo pericolo mortale. Inoltre, il letto non è preparato.»

«Il letto non ha importanza» replicai. «Ho vissuto in camere ammobiliate per gentiluomini, e mi sono abituato a dormire su letti che non erano stati rifatti da anni. Non contrastatemi nella mia decisione. Sono giovane, e da oltre un mese fino a oggi ho una coscienza pulita. Gli spiriti non mi faranno del male. Potrei addirittura essere io a fare un po' di bene a loro, e convincerli a stare zitti e ad andar via. Inoltre, mi piacerebbe assistere allo spettacolo.»

Detto questo, mi sedetti di nuovo. (Come mai il signor Coombes fosse sulla mia sedia, invece che dall'altra parte della stanza, dove era stato tutta la sera; e perché non si fosse neppure offerto di scusarsi quando mi sedetti proprio su di lui; e perché il giovane Biffles avesse provato a toccarmi come zio John, e mi abbia indotto, sotto quell'impressione errata, a stringergli la mano per quasi tre minuti, e a dirgli che l'avevo sempre considerato come un padre … sono questioni che, fino a oggi, non sono mai riuscito a capire del tutto).

Provarono a dissuadermi da quella che definivano la mia folle impresa, ma rimasi irremovibile, e rivendicai il mio privilegio. Io ero «l'ospite». «L'ospite» dorme sempre nella camera infestata, la Vigilia di Natale; è la sua prerogativa.

Risposero che se la mettevo su quel piano, loro non avrebbero avuto, naturalmente, più niente da replicare; e accesero una candela per me, e mi accompagnarono di sopra in gruppo.

Se ero ubriacato dalla sensazione di compiere una nobile azione, o se ero semplicemente animato da una vaga consapevolezza della mia rettitudine, non sta a me dirlo, ma quella sera salii di sopra con grande baldanza. Fu tanto se potei fermarmi sul pianerottolo quando lo raggiunsi;

sentivo che avrei voluto salire fin sul tetto. Ma, con l'aiuto della ringhiera, frenai la mia ambizione, augurai a tutti loro la buonanotte, ed entrai e chiusi la porta.

Le cose cominciarono ad andarmi male fin dall'inizio. La candela cadde dal candelabro prima ancora che avessi ritirato la mano dalla serratura. Continuò a cadere dal candelabro, e ogni volta che la raccoglievo e la rimettevo su, cadeva di nuovo: non ho mai visto una candela tanto scivolosa. Alla fine, rinunciai a tentare di usare il candelabro, e portai la candela in mano; e, anche così, non voleva star dritta. Allora mi infuriai e la buttai fuori dalla finestra, e mi spogliai e andai a letto al buio.

Non mi addormentai – non avevo affatto sonno – mi sdraiai supino, guardando verso il soffitto, e pensando a cose.[1]

---

[1] *thinking of things* nel testo inglese; anche questo gioco fonico si è inevitabilmente perduto.

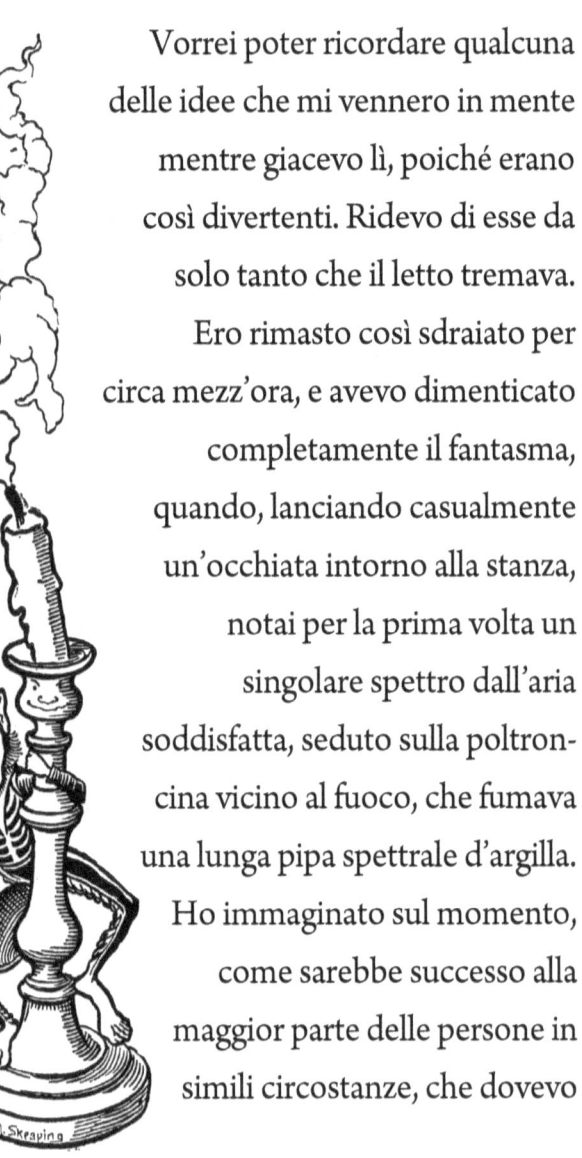

Vorrei poter ricordare qualcuna
delle idee che mi vennero in mente
mentre giacevo lì, poiché erano
così divertenti. Ridevo di esse da
solo tanto che il letto tremava.
Ero rimasto così sdraiato per
circa mezz'ora, e avevo dimenticato
completamente il fantasma,
quando, lanciando casualmente
un'occhiata intorno alla stanza,
notai per la prima volta un
singolare spettro dall'aria
soddisfatta, seduto sulla poltron-
cina vicino al fuoco, che fumava
una lunga pipa spettrale d'argilla.
Ho immaginato sul momento,
come sarebbe successo alla
maggior parte delle persone in
simili circostanze, che dovevo

aver sognato. Mi alzai a sedere, e stropicciai i miei occhi.

No! Era un fantasma, abbastanza chiaramente. Potevo vedere lo schienale della poltrona attraverso il suo corpo. Guardò verso di me, prese dalle labbra la pipa spettrale, e annuì.

La parte più sorprendente di tutta la faccenda per me fu che non mi sentivo minimamente turbato. Semmai, ero piuttosto soddisfatto di vederlo. Era una compagnia.

Dissi: «Buonasera! È stata una giornata fredda!»

Disse che non se ne era accorto personalmente, ma supponeva che fosse vero.

Restammo in silenzio per qualche secondo, e poi, cercando di metterlo a suo agio, dissi: «Credo di avere l'onore di rivolgermi al fantasma del gentiluomo che ebbe quell'incidente con il cantore?»

Sorrise, e disse che era molto bello da parte mia ricordarlo. Un cantore non era molto di cui vantarsi ma, comunque, tutto fa brodo.[2]

Ero alquanto sconcertato dalla sua risposta. Mi aspettavo un gemito di rimorso. Al contrario, il fantasma sembrava piuttosto orgoglioso dell'affare. Pensai che, dal momento che aveva preso così bene il mio riferimento al cantore, forse non si sarebbe offeso se lo avessi interrogato sul suonatore di organetto. Ero curioso riguardo a quel povero ragazzo.

---

[2] *every little helped* nel testo inglese; letteralmente 'ogni piccola cosa può servire'.

«È vero» chiesi, «che c'è stato il vostro zampino nella morte di quel contadino italiano che una volta venne in città con un organetto che non suonava altro che arie scozzesi?»

Si arrabbiò abbastanza: «Il mio zampino!» esclamò indignato. «Chi ha osato pretendere di essermi stato d'aiuto? Il giovane l'ho ucciso da solo. Nessuno mi ha aiutato. Da solo l'ho fatto. Mostratemi chi dice il contrario.»

Lo calmai. Gli assicurai che non avevo mai dubitato, dentro di me, che egli fosse il vero e solo assassino, e continuavo a farlo e gli chiesi cosa ne avesse fatto del corpo del suonatore di cornetta che aveva ucciso.

Disse: «A quale alludete?»

«Oh, allora ce n'erano più di uno?» chiesi.

Sorrise, e fece un piccolo colpo di tosse. Disse che non voleva dare l'impressione di vantarsi, ma che, contando i tromboni, ce n'erano sette.

«Povero me!» replicai, «dovete aver avuto un bel daffare, in un modo o nell'altro.»

Disse che forse non spettava a lui doverlo dire, ma che in realtà, parlando della comune società borghese, pensava che ci fossero ben pochi fantasmi che avrebbero potuto guardarsi indietro e vedere una vita di più comprovata utilità.

Tirò qualche boccata in silenzio per alcuni secondi, mentre stavo seduto a osservarlo. Non avevo mai visto prima un fantasma che fumava la pipa, a quanto ricordo, e ciò mi interessava.

Gli chiesi che tabacco usasse e rispose: «Di regola, il cavendish spettrale tagliato.»[3]

Spiegò che il tabacco spettrale era tutto quello che un uomo aveva fumato in vita e gli apparteneva quando moriva. Disse che egli stesso aveva fumato un bel po' di cavendish tagliato quando era vivo, perciò ora aveva una buona scorta di tabacco spettrale.

Osservai che quella era una cosa utile da sapere, e decisi di fumare più tabacco che potevo prima di morire.

Pensai che avrei potuto cominciare subito, così gli chiesi se avessi potuto unirmi a lui con una pipa, e lui disse: «Fate pure, vecchio mio»; e io mi allungai e tirai fuori l'armamentario necessario dalla mia tasca della giacca e accesi.

---

[3] Il *cavendish cut tobacco* è una qualità di tabacco aromatizzato.

Dopo di che facemmo amicizia, e mi raccontò tutti i suoi crimini. Disse che una volta
aveva vissuto porta a porta con una giovane
gentildonna che stava imparando a suonare la
chitarra, mentre di fronte viveva un giovanotto
che si esercitava alla viola da gamba.

E lui, con malizia diabolica, aveva fatto conoscere questi due ingenui giovani, e li aveva con-
vinti a fuggire insieme contro la volontà dei loro

genitori, e a portare con sé i loro strumenti musicali; ed essi lo avevano fatto, e, prima che fosse finita la luna di miele, *lei* gli aveva rotto la testa con la viola da gamba, e *lui* aveva cercato di ficcarle in gola la chitarra, e l'aveva storpiata per tutta la vita.

Il mio amico mi disse che era solito attirare nell'atrio i venditori di muffin[4] e poi di ingozzarli della loro stessa merce finché esplodevano e morivano. Disse che in quel modo ne aveva zittiti diciotto.

Giovanotti e signorine che recitavano poesie lunghe e tristi alle feste serali, e i giovanotti imberbi che andavano a spasso

[4] Il muffin è un tipico dolce inglese di forma tonda con cima a calotta, dall'impasto simile a quello del plumcake.

per le strade la sera tardi, suonando le concertine,[5] era solito unirli insieme a gruppi da dieci e avvelenarli, in modo da risparmiare sulle spese; e gli oratori pubblici e i conferenzieri che predicavano la temperanza usava chiuderli in sei in una stanzetta con un bicchiere d'acqua e una cassetta delle elemosine a testa, e lasciava che si parlassero a vicenda fino a morire.

Faceva bene ascoltarlo.

[5] *concertinas* nel testo inglese; sono piccole fisarmoniche.

Gli chiesi per quando aspettava gli altri fantasmi… i fantasmi del cantore e del suonatore di cornetta, e della banda musicale tedesca, di cui aveva fatto menzione lo zio John. Sorrise, e disse che non sarebbero mai più tornati, nessuno di loro.

Chiesi: «Ma come; non è vero, allora, che vi incontrate qui ogni Vigilia di Natale per una baruffa?»

Replicò che *era* vero. Ogni Vigilia di Natale, per venticinque anni, si erano azzuffati in quella stanza; ma non avrebbero più disturbato né lui né nessun altro. Uno dopo l'altro, li aveva sistemati, distrutti, resi totalmente incapaci di infestare. Aveva finito l'ultimo fantasma della

banda tedesca proprio quella sera, proprio prima che arrivassi di sopra, e aveva buttato quel che ne restava di esso attraverso le fessure del telaio dalla finestra. Disse che non avrebbe mai più meritato il nome di fantasma.

«Suppongo che continuerete ancora a venire voi stesso, come al solito, no?» dissi. «So che a tutti dispiacerebbe perdervi.»

«Oh, non lo so» replicò; «non c'è molto per cui venire adesso. A meno che» aggiunse gentilmente, «*voi* non sarete qui. Verrò se dormirete qui la prossima Vigilia di Natale.»

«Ho una simpatia per voi» continuò; «non scappate via, strillando, quando vedete un festino,[6] e non vi si drizzano i capelli sulla testa. Non avete idea» disse, «di quanto sia stufo di vedere persone con i capelli dritti in testa.»

---

[6] *a party* nel testo inglese; si riferisce a un'infestazione spettrale.

Disse che lo irritava.

Proprio allora ci raggiunse un lieve rumore dal cortile sottostante, e lui sobbalzò diventando mortalmente scuro.

«Voi state male» esclamai, balzando verso di lui, «ditemi che cosa posso fare per voi. Devo bere del brandy, e darvi lo spettro di esso?»

Rimase in silenzio, ascoltando attentamente per un attimo, e poi tirò un sospiro di sollievo, e l'ombra gli tornò sulle guance.

«Va tutto bene», mormorò; «temevo fosse il gallo.»

«Oh, è troppo presto per quello» dissi. «Diamine, siamo solo a metà della notte.»

«Oh, questo non fa nessuna differenza per quei maledetti polli» replicò con amarezza. «Canterebbero a metà della notte come in qualsiasi altro momento... più presto, se sapessero di rovinare a un tizio la sua serata fuori. Credo che lo facciano apposta.»

Disse che un suo amico, il fantasma di un uomo che aveva ucciso un esattore dell'acqua, aveva l'abitudine di infestare una casa a Long Acre,[7] dove avevano dei volatili[8] in cantina, e tutte le volte che un poliziotto si avvicinava e illuminava il locale con il suo occhio di bue[9] attraverso la grata, il vecchio gallo pensava che fosse il sole, e incominciava a cantare come un matto; allora, naturalmente, il povero fantasma doveva dissolversi e sarebbe, di conseguenza,

[7] Long Acre è una strada di Westminster a Londra.
[8] *fowls* nel testo inglese; in questo caso dovrebbe trattarsi di polli e galline.
[9] *bull's-eye* nel testo inglese; è una tradizionale lanterna.

144

tornato a casa prestissimo, a volte anche all'una del mattino, imprecando tremendamente perché era stato fuori per un'ora soltanto.

Concordai sul fatto che ciò sembrava molto ingiusto.

«Oh, è tutto organizzato in modo assurdo» continuò, piuttosto arrabbiato. «Non riesco a immaginare a cosa stesse pensando il nostro vecchio,[10] quando lo ha fatto. Come gli ho detto, ancora e ancora: "Stabilite un'ora precisa, e fate che tutti la rispettino... diciamo le

---

[10] Si allude naturalmente al creatore.

quattro in estate, e le sei in inverno. Così uno saprebbe regolarsi".»

«Come ve la cavate, quando non c'è nessun gallo a portata di mano?» chiesi.

Era sul punto di rispondere, quando di nuovo sobbalzò e ascoltò. Questa volta sentii distintamente il gallo del signor Bowles, dalla casa vicina, cantare due volte.

«Eccoci» disse, alzandosi e cercando il suo cappello; «questo è il genere di cose che dobbiamo sopportare. Che ora *è*?»

Guardai il mio orologio, e scoprii che erano le tre e mezzo.

«Ne ero certo» borbottò. «Torcerò il collo a quel maledetto uccello se riesco a prenderlo.» E si preparò ad andarsene.

«Se potete aspettare trenta secondi» dissi, alzandomi dal letto, «farò un pezzo di strada con voi.»

«È molto gentile da parte vostra» rispose, fermandosi, «ma mi pare poco cortese trascinarvi fuori.»

«Niente affatto» replicai; «Mi piacerebbe fare una passeggiata.» E mi vestii parzialmente, presi il mio ombrello; e lui mi prese sottobraccio, e uscimmo insieme.

Proprio al cancello incontrammo Jones, uno dei poliziotti locali.

«Buona notte, Jones» dissi (mi sento sempre affabile nel periodo di Natale).

«Buona notte, signore» rispose l'uomo, un po' sgarbatamente, pensai. «Potrei chiedervi cosa state facendo?»

«Oh, va tutto bene» risposi, agitando il mio ombrello; «sto solo accompagnando a casa un mio amico per un pezzo di strada.»

Disse: «Quale amico?»

«Oh, ah, naturalmente» risi; «dimenticavo. Per voi è invisibile. È il fantasma del gentiluomo che uccise il cantore. Arrivo giusto fino all'angolo con lui.»

«Ah, non credo che io lo farei, se fossi in voi, signore» disse Jones con severità. «Se volete accettare il mio consiglio, salutate qui il vostro amico, e tornate dentro. Forse non vi siete reso conto che state andando in giro con addosso soltanto una camicia da notte e un paio di stivali e un gibus.[11] Dove sono i vostri pantaloni?»

I modi di quell'uomo non mi piacquero per niente. Dissi: «Jones! Non voglio farvi rapporto, ma mi sembra che abbiate bevuto. I miei pantaloni sono dove dovrebbero essere i pantaloni di

---

[11] *opera-hat* nel testo inglese; è una specie di cilindro meno ingombrante, chiamato anche *chapeau claque* o *gibus* che veniva usato normalmente per recarsi a teatro.

ogni uomo … sulle sue gambe. Ricordo distinta-mente di averli indossati.»

«Beh, adesso non li avete» ribatté.

«Scusate» replicai. «Vi dico che li ho; credo che dovrei saperlo.»

«Lo credo anch'io» rispose, «ma evidente-mente così non è. Ora venite dentro con me, e che non se ne parli più.»

A questo punto zio John arrivò alla porta, es-sendo stato svegliato, immagino, dall'alterco; e, nello stesso momento, zia Mary comparve alla fi-nestra in cuffia da notte.

Spiegai loro l'errore del poliziotto, cercando di trattare la faccenda nel modo più lieve possibile,[12] per non mettere nei guai quel tizio, e mi girai verso il fantasma per conferma.

Se n'era andato! Mi aveva lasciato senza una parola … senza neppure dirmi arrivederci!

[12] Senza darle troppo peso.

Mi sembrò così poco cortese che se ne fosse andato in quel modo, che scoppiai in lacrime; e zio John mi riportò in casa.

Arrivato nella mia stanza, scoprii che Jones aveva ragione. Non avevo indossato i pantaloni, dopotutto. Erano ancora appesi alla spalliera del letto. Immagino di essermi dimenticato di essi, nell'ansia di non far aspettare il fantasma.

Questi sono i semplici fatti del caso, dai quali deve, senza dubbio, sembrare impossibile a una retta, caritatevole mente che possano essere scaturite delle calunnie.

Ma ce ne furono.

Talune persone – dico 'talune persone' – si sono dichiarate incapaci di capire le semplici circostanze fin qui narrate, se non alla luce di spiegazioni al tempo stesso ingannevoli e offensive. Insulti e calunnie sono stati gettati su di me da quelli della mia stessa carne e del mio stesso sangue.

Ma non porto alcun rancore. Ho semplicemente, come ho detto, fatto conoscere questa versione per riscattare la mia reputazione dall'ingiurioso sospetto.

INDICE

Introduzione...5

RACCONTATI DOPO CENA

Preambolo 13

Come le storie sono state narrate 39

La storia di Teddy Biffles 57

Johnson ed Emily ovvero Il Fedele Fantasma.....63

Intermezzo 77

Il mulino infestato ovvero La casa in rovina 83

Interludio..95

Il fantasma della Camera Azzurra.......................103

Una spiegazione personale 115

La mia storia 125

Scopri anche...

JEROME K. JEROME E ALTRI

IL MISTERO DI
BLACK ROCK CREEK

A cura di ENRICO DE LUCA
Illustrazioni di DANIELE SERRA

Caravaggio
Editore

Scopri anche...

I CLASSICI DI CARAVAGGIO EDITORE

I Classici Ritrovati

Nella collana *I Classici Ritrovati*, diretta da Enrico De Luca, sono proposti classici, più o meno noti, della Letteratura Universale in edizioni la cui caratteristica principale risiede nella cura con la quale sono stati confezionati i testi, sempre rigorosamente integrali e corredati da apparati di note che ne consentono una migliore e più profonda comprensione. Solo così, infatti, è possibile ritrovare quel piacere che scaturisce da una lettura rispettosa di opere letterarie senza tempo, che ci parlano in una lingua e con uno stile diversi da quelli contemporanei, ma che sanno trasmetterci emozioni, consigli e godimento estetico come nessun altro libro è in grado di fare.

1. Charles Dickens IL GRILLO DEL FOCOLARE
2. Charles Dickens A CHRISTMAS CAROL
3. Edmondo De Amicis L'ULTIMO AMICO
4. Jean Webster PAPÀ GAMBALUNGA
5. Lucy Maud Montgomery LA STANZA ROSSA E ALTRE STORIE DI FANTASMI
6. Jerome K. Jerome RACCONTATI DOPO CENA
7. Lucy Maud Montgomery KILMENY DEL FRUTTETO
8. Arthur Conan Doyle IL PARASSITA
9. Frances H. Burnett NELLA STANZA CHIUSA
10. Edith Nesbit L'OMBRA E ALTRI OSCURI RACCONTI
11. Jean Webster CARO NEMICO
12. L.M. Alcott DIETRO LA MASCHERA OVVERO IL POTERE DI UNA DONNA
13. Eleanor H. Porter POLLYANNA
14. Frances H. Burnett IL POPOLO BIANCO
15. C. Perkins Gilman LA CARTA DA PARATI GIALLA E ALTRI RACCONTI
16. Ada Negri CONFESSIONI
17. Grazia Deledda LA CASA MALEDETTA E ALTRE CUPE STORIE
18. Jerome K. Jerome e altri IL MISTERO DI BLACK ROCK CREEK
19. Lucy Maud Montgomery EMILY DI LUNA NUOVA
20. Jean Webster IL MISTERO DI FOUR-POOLS
21. R. L. Stevenson STRANO CASO DEL DOTTOR JEKYLL E DEL SIG. HYDE
22. May Sinclair VITA E MORTE DI HARRIETT FREAN
23. Giovanni Verga LE STORIE DEL CASTELLO DI TREZZA
24. Johanna Spyri HEIDI. GLI ANNI DELLA SUA FORMAZIONE E PEREGRINAZIONE
25. Frances Hodgson Burnett UNA PICCOLA PRINCIPESSA

Nuova serie

1. May Sinclair L'INTERCESSORE
2. K.D. Wiggin LA ROMANZESCA STORIA DI UNA CARTOLINA NATALIZIA
3. Lucas Malet IL PICCOLO PETER
4. Lucy Maud Montgomery IL CASTELLO AZZURRO
5. Bram Stoker LADY ATHLYNE
6. Lucas Malet LA BARRIERA SENZA CANCELLO
7. Johanna Spyri HEIDI FA TESORO DI CIÒ CHE HA IMPARATO

I Classici Ritrovati Pocket

1. Friedrich August Schulze LA SPOSA CADAVERE
2. Edmondo De Amicis NEL GIARDINO DELLA FOLLIA
3. Carolina Invernizio I SETTE CAPELLI D'ORO DELLA FATA GUSMARA
4. Joseph Sheridan Le Fanu CARMILLA
5. Anton Čechov LA STREGA E ALTRI RACCONTI SULLA PAURA
6. Charles Dickens e altri UNA CASA DA AFFITTARE
7. NATALE CON LUCY MAUD MONTGOMERY

Sinistre Suggestioni

1. Enrico De Luca, Daniele Serra TINTE FOSCHE
2. Enrico De Luca, Matteo Zanini LE STANZE INFESTATE (Vol. I/6)
3. Enrico De Luca, Matteo Zanini LE STANZE INFESTATE (Vol. II/6)
4. Enrico De Luca, Matteo Zanini LE STANZE INFESTATE (Vol. III/6)
5. Enrico De Luca, Matteo Zanini LE STANZE INFESTATE (Vol. IV/6)
6. Enrico De Luca, Matteo Zanini LE STANZE INFESTATE (Vol. V/6)
7. Diletta Sapienza MORTE, TU MORRAI

Frammenti d'autore

Dieci racconti di cinque autrici e cinque autori:
Kate Chopin, Olive Schreiner, Hector Hugh Munro (Saki),
Lucy Maud Montgomery, Arthur Conan Doyle, Luigi Capuana,
Luigi Pirandello, H. P. Lovecraft, Elizabeth Gaskell, Grazia Deledda

1. Lucy Maud Montgomery IO SO UN SEGRETO
2. Frances Hodgson Burnett IL MIO PETTIROSSO
3. Grazia Deledda DI NOTTE
4. Elizabeth Gaskell CURIOSO, SE FOSSE VERO
5. Jerome K. Jerome LO SCHERZO DEL FILOSOFO

6. Kate Douglas Wiggin IL VIAGGIO D'UNA BIMBA CON DICKENS
7. Jack London L'ETERNITÀ DELLE FORME
8. Francis Scott Fitzgerald IL CURIOSO CASO DI BENJAMIN BUTTON
9. Ivan Turgenev JAKOV PASYNKOV
10. Frances Hodgson Burnett NEL GIARDINO
11. William Wilkie Collins IL SEGRETO DI FAMIGLIA
12. Francis Marion Crawford PERCHÉ IL SANGUE È LA VITA
13. Von Degen (Anne Crawford) UN MISTERO DELLA CAMPAGNA ROMANA
14. Robert Louis Stevenson MARKHEIM

Sezione Aurea

1. Giovanni Verga STORIA DI UNA CAPINERA
2. Umberto Notari QUELLE SIGNORE
3. Miguel de Unamuno LA ZIA TULA

Bonbon

1. Lucy Maud Montgomery LA SOSIA DI MILLICENT
2. Percy Simple (H.P. Lovecraft) DOLCE ERMENGARDE
3. Mark Twain UNA ROMANTICHERIA MEDIEVALE
4. Thomas Wolfe L'INVERNO DEL NOSTRO SCONTENTO
5. Mrs. H. Fraser (M. Crawford) UN LUPO MANNARO DELLA CAMPAGNA ROMANA
6. Bram Stoker GIBBET HILL
7. Edith Nesbit LA CITTÀ IN BIBLIOTECA

Fasci di Lettere (solo sul sito dell'editore)

1. Lucy Maud Montgomery
2. Guy de Maupassant
3. H.P. Lovecraft
4. Jane Austen

Consulta tutto il catalogo su: www.caravaggioeditore.it